Tortuga
Número Cien

MONTAÑA ENCANTADA

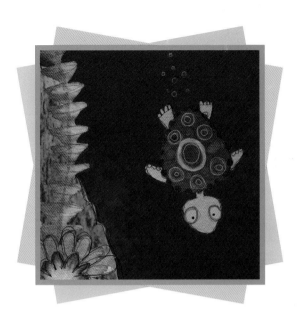

Íñigo Javaloyes

Ilustrado por Tesa González

Tortuga Número Cien

EVEREST

Dirección Editorial: Raquel López Varela
Coordinación Editorial: Ana María García Alonso
Maquetación: Cristina A. Rejas Manzanera
Diseño de cubierta: Jesús Cruz

© Íñigo Javaloyes
© EDITORIAL EVEREST, S. A.
Carretera León-La Coruña, km 5 - LEÓN
ISBN: 84-241-8047-X
Depósito legal: LE. 822-2006
Printed in Spain - Impreso en España
EDITORIAL EVERGRÁFICAS, S. L.
Carretera León-La Coruña, km 5
LEÓN (España)
Atención al cliente: 902 123 400
www.everest.es

Esta historia estuvo a punto de acabar desde aquella mañana de mayo en que apareció en la playa una tortuga gigante. Salió del mar empujada por las olas como un cofre procedente de un naufragio. Avanzaba con esfuerzo tirando y empujando de su aparatosa coraza cubierta de algas con sus robustas y cortas patas de reptil. Luchaba contra su propio peso dejando tras de sí un surco en la arena. Pasados unos minutos la tortuga se quedó inmóvil.

"¿Qué le pasará?", se preguntaba una mangosta frotándose los bigotes ante los arrugados párpados de la tortuga varada.

"Es tan vieja que ha perdido el rumbo", pensó una fantasmal fragata desde lo alto de un risco.

—Esto tiene muy, pero que muy buena pinta —susurraba un gallinazo estirando su pelado cuello y deseando tener una larga lengua de perro con que relamerse—. Con este calor no durará mucho.

Lo que no sabían aquellas aves marinas, ni los cangrejos, ni los pequeños predadores que merodeaban por la playa en busca de algún bocado fácil, era que la tortuga no era tan torpe, tan débil, ni tan tonta como parecía. Al contrario. Aquella tortuga tenía noventa y nueve años, y ya había conocido a los padres, abuelos y tatarabuelos de todos aquellos animales que esperaban pacientemente a que ésta dejase de dar señales de vida.

Y esperaron. Y esperaron. Y esperaron aún más hasta que el horizonte engulló el último haz de sol del atardecer. Entonces los animales de la playa decidieron retirarse a sus cubiles y dormideros.

—Cuando salga el sol nos la comeremos —dijo levantando el vuelo una gaviota.

El más madrugador fue el mapache, pero al llegar a la playa no encontró ni rastro de su codiciada presa. "¿Cómo es posible?", pensó mirando entre unos juncos, debajo de una pitera, entrando y saliendo del bosque a la playa y de la playa al bosque con un trote nervioso y las orejas enhiestas. La tortuga había desaparecido.

Luego fueron llegando los demás, que estaban demasiado hambrientos como para preguntarse qué habría ido a hacer allí la tortuga. Así que se dispersaron por la costa espoleados por el hambre. "Otra vez a comer ratones", pensó el mapache mientras el último anillo de su cola desaparecía en la espesura. "Otra vez a robarles espinas a las gaviotas", pensó la fragata con las alas extendidas, esperando a que un golpe de viento la levantara hacia el cielo como una cometa.

Y la playa volvió a quedarse desierta. ¿Desierta? No del todo. Debajo de la arena, en el lugar en que el reptil pareció haber quedado fatalmente atrapado, permanecían ocultos la misma cantidad de huevos que años tenía la tortuga.

Al cabo de casi dos meses, los huevos se abrieron y salieron noventa y nueve tortuguitas al mismo tiempo, que empezaron a decir a coro:

—¡O todas o ninguna! ¡O todas o ninguna!

Alentadas por ese cántico común, empezaron a abrirse paso hasta el exterior.

Cuando ya estaban todas sobre la arena, corrieron sobre sus diminutas patas hacia el horizonte marino.

—¡O todas o ninguna, o todas o ninguna! —repetían en su frenética carrera hacia la costa.

Cuando las noventa y nueve hermanas se encontraban a mitad de camino, la fragata las divisó desde las nubes y se desplomó hacia ellas en picado dando un magnífico graznido que alertó a todos los predadores

costeros. Los cangrejos salieron de sus agujeros en la arena, las negras siluetas de los gallinazos empezaron a dibujarse en el horizonte y la mangosta salió despavorida de la espesura con seis inquietos cachorritos.

Todos sin excepción hacían presa en las pobres tortuguitas. Las que iban quedando entonaban aún su decidido "o todas o ninguna", que se fue haciendo más y más débil, hasta que todas fueron ninguna.

Las aves volvieron a retirarse a sus colonias de los acantilados, esta vez con un vuelo pesado y satisfecho. Pero, por lo visto, Naturaleza no quedó satisfecha con un número tan incompleto, incómodo y difícil como el noventa y nueve, porque del triste nido de la vieja tortuga, entre aquella escombrera de cascarones, asomó la cabeza otra tortuga: la Tortuga Número Cien.

—O todas o ninguna —exclamó Número Cien instintivamente.

Al mirar a su alrededor y ver aquel desorden de cáscaras, pensó que no había nacido de un huevo, sino de todos ellos. ¡Qué tontería! ¿Verdad? Lo cierto es que la tortuguita no era muy lista. Pero tampoco podía serlo. ¿O es que acaso se nace sabiendo matemáticas? Suficiente tuvo con salir del huevo y enfrentarse, indefensa, a un mundo lleno de enemigos.

Número Cien paseó alegre por la playa sin sospechar los innumerables peligros que la esperaban. Y así, sin dedicar ni un solo pensamiento a su madre ni a sus hermanas, porque nunca las conoció, siguió acercándose peligrosamente a una ensenada infestada de cangrejos donde esta historia habría terminado de no ser por un niño que pasaba por allí con una pequeña mochila de lona al hombro. Era un niño mestizo de ojos negros con una mata de pelo rubio ensortijado, como un ramo de claveles secos, y una valerosa nariz africana. El niño se puso de cuclillas para verla más de cerca, y sin tocar a la tortuguita, le preguntó:

—¿Dónde está tu mamá?

El muchacho metió la tortuga en su mo-
rral y siguió hacia la playa distraídamente,
girándose de cuando en cuando para ver la
larga hilera de huellas que dejaba a su paso.
Al llegar a la orilla, puso a la tortuguita en
el suelo y se quedó mirándola hasta que el
reflujo de una espumosa ola la arrastró a
mar abierto.

—¡Anda por ahí! —le dijo.

La tortuguita se hundió pausadamente,
como una hoja de otoño mecida por el vien-

to al compás de un xilofón de burbujas. Al llegar al fondo se quedó contemplando las criaturas del mar: un manatí gordo y afable rumiaba entre espirales de diminutos pececillos; una espectral manta raya avanzaba misteriosa, levantando a su paso una cortina de arena que volvía a llover mansamente sobre el fondo marino; y entre gárgolas de coral surgieron como hadas abisales dos medusas desplegando sus delicadas sedas.

El hambre despertó a nuestra amiga de su asombro. Sorprendida por aquella desagradable sensación dio un bocado a lo primero que halló a su paso: un cachalote de cuarenta y cuatro mil trescientos veintiún kilos, más el peso de Número Cien: noventa y nueve gramos.

—¡Por Neptuno! —gritó sobresaltado el cachalote, con tal furia y potencia que su líquido aliento despeinó a todas las anémonas del arrecife—. ¿Se puede saber qué nécoras estás haciendo? —vociferó el cetáceo sin dar crédito a la audacia de su minúscula

agresora que, como aún no conocía el miedo, no alcanzó a asustarse.

—Perdone usted —dijo la tortuguita—, es que tengo hambre.

La carcajada del coloso marino provocó un tsunami que arrasó un palmeral en África.

—¡Pero cómo puedes ser tan inocente, tan bobita, tan cándida! —exclamó el cachalote—. Como sigas así vas a tener menos vida que un pulpo escabechado. Y hablando de cefalópodos, ¿no habrás visto por ahí un calamarcito gigante? Llevo días oliendo su tinta.

—Pues no, señor…

—*Physeter Macrocephalus*, Cachalote para los enemigos.

—Pues mira señor… Chocolate, no sé si lo habré visto porque como soy recién nacida… la verdad es que no sé nada de nada. Por no saber, no sé ni qué debo comer. Por casualidad no sabrás tú…

—¡Maldita sea! —interrumpió la bestia marina—. Otra vez ese dichoso picor de barbilla. Anda ráscame ahí tortuguita, no, no, más arriba, sí, ahí, no, no, ah, sí, no, más a la derecha, aaaah…

Mientras Número Cien le rascaba la enorme quijada, decenas de pececillos se daban un festín con los restos de pescado que le quedaban entre sus enormes marfiles. Y al cabo de un buen rato de rascar y pensar, la tortuguita se dio cuenta de que el cachalote se había quedado profundamente dormido. Así que prosiguió su peligrosa investigación, que consistía en dar un mordisco a lo primero que se le cruzara por delante.

La tortuguita tuvo la mala suerte de que el siguiente animal en salirle al paso fuera el infame tiburón tigre. Sin pensárselo dos veces, Número Cien le asestó un bocado en el hocico.

—¡Maldito pedrusco con patas! —gritó el tiburón saliendo como un torpedo detrás de la tortuguita entre corales y rocas ante la expectación de una multitud de moluscos y crustáceos, que en cuestión de segundos formaron un corro alrededor de una vieja caracola.

—¡Hagan sus apuestas! —gritó la caracola.

—Apuesto diez a uno a que no le dura un minuto —dijo un cangrejo levantando una nacarada concha de mejillón con su gran pinza blanca.

—¿Un minuto, dijiste? —le contestó un langostino argentino mesándose los bigotes—. Tendrá suerte si dura diez segundos.

En su huida apresurada, la tortuguita empezó a descubrir sus ingeniosos recursos para la supervivencia ante el asombro de los espectadores y la ira del tiburón, que avanzaba proyectando sus rosadas encías abarrotadas de colmillos.

La tortuga logró ocultarse en un denso macizo de algas; pero, como un perro de caza, el tiburón tigre siguió su rastro hasta dar con ella. Luego consiguió despistarlo en una turbulencia de arena.

La tortuguita se asomó a una caverna, en cuyo interior dormitaba un gran mero con gafas de miope. Número Cien le dijo a una velocidad imperceptible para el oído humano:

—Perdona, horrendo y simpático ser, que te despierte de tan grata siesta, pero es que en estos momentos me persigue un pez y dependo de tu hospitalidad para salvar la vida. ¿Serías tan amable de darme refugio?

Cuando Número Cien ya había entrado en la cueva y había vuelto a salir por un pasadizo trasero, el mero balbuceó un cansino "pasa, estás en tu casa", y de la misma, se volvió a dormir.

Oculta entre unas conchas que había amontonadas sobre un pequeño promontorio submarino, la tortuguita vio ascender al plomizo escualo hacia aguas menos profundas como un elástico avión de cortas y afiladas alas. Entonces, alertado por una intuición repentina, el tiburón dio media vuelta y arremetió a toda velocidad hacia Número

Cien, a quien ya no quedaron fuerzas ni ánimo para hacer otra cosa que quedarse allí contemplando su propio final.

Pero quiso el destino que esta historia que estaba a punto de terminar siguiera un poco más.

El cachalote apareció detrás de un viejo buque hundido y se acercó al escualo emitiendo un espantoso chasquido. Era como si el fondo del mar se desgarrara por una de sus costuras. El tiburón, atormentado por

aquel penetrante sonido, perdió el sentido del rumbo y nadó enloquecido, como si se le hubiera colado una remora en la cabeza. Tal era la confusión y el pánico del escualo, que el cachalote no tuvo que esforzarse en perseguirlo para comérselo, como efectivamente se lo comió, de dos bocados y medio.

A partir de entonces, la tortuguita supo qué es el miedo y se dio cuenta de que, como dijo el cachalote, sin él duraría menos

en el océano que un "pulpo escabechado". Y cuando aún no tenía una palabra para esa nueva sensación, miró hacia el lugar donde cangrejos, gambas y langostinos se habían reunido a apostar.

Allí, en un pequeño calvero del bosque de algas, vio como una raya eléctrica se ceñía con fuerza a la caracola corredora de apuestas hasta abandonar su concha vacía e inerte. A poca distancia, una sepia desmembraba metódicamente al cangrejo de la pinza blanca.

En ese instante, la tortuguita aprendió que las grandes fuerzas que dominan la vida en el fondo del mar son dos: el hambre y el miedo.

Número Cien continuó su viaje errante buscando algo que comer y, sobre todo, procurando no ser comida. Y la cuestión seguía siendo, precisamente, ¡qué comer! Así que volvió a la cueva del mero y llamó a su puerta.

—Perdona, horrendo y simpático ser, que te despierte de tan grata siesta, pero quisiera hacerte una pregunta de la máxima urgencia: estoy a punto de cumplir un día de edad y todavía no he probado bocado —dijo Número Cien, cuyo tierno caparazón ocultaba un escuálido cuerpecillo de gorrión. El mero se esforzaba por mantener los ojos abiertos—. ¿Podrías decirme qué comemos los pedruscos con patas? —preguntó la tortuga, que aún no había tenido tiempo ni para aprender que no era un pedrusco con patas, como dijo el tiburón, sino una cría de tortuga marina.

El mero la miró abriendo y cerrando sus pesados párpados. Después de pensar y parpadear durante un largo rato, escupió una espina de pescado y prosiguió su siesta.

Número Cien insistió irritada:

—¡Oye, escúchame!

—Perdona tortuga, es que hoy el mar está tan caliente, tan sedante, tan… ¡Aaah! —y de un bostezo se quedó dormido.

—Una tortuga —susurró Número Cien en voz alta degustando la sonoridad de su

nombre. Con tanta hambre como tenía no debe extrañarnos que el nombre le supiera a poco.

Cada vez más débil y asustada, Número Cien continuó vagabundeando en busca de información vital para su supervivencia. Se encaramó finalmente a un ánfora, donde quedó exhausta y desesperada.

—¿Qué... qué nécoras he hecho yo para merecerme esto? —gimió Número Cien mientras un enjambre de larvas marinas se bebía una densa lágrima verdosa—. ¿Se puede saber para qué he venido yo a este mundo? ¿Estoy acaso condenada a morir de ignorancia? ¿Moriré sin saber siquiera qué... qué nécoras debo comer?

Y entonces, desde el interior del ánfora, se oyó una voz honda y perfectamente modulada:

—¿Pero quién pone tanto empeño, en..., en..., en... despertarme de mi sueño?

Número Cien echó a correr despavorida en busca de refugio. Al no encontrarlo se enterró en la arena lo mejor que pudo. En la boca del ánfora distinguió una maraña de horribles y gruesas serpientes adornadas de unas carnosidades circulares, que empezaron a desmadejarse con un sonido de víscera húmeda y viva.

—Logré escapar de aquel pez —susurró la tortuguita desde su escondrijo, recordando el terrible episodio del tiburón tigre—. Pero no podré hacer nada contra siete... ¡no!, OCHO serpientes.

En ese preciso instante una de las culebras se lanzó hacia la tortuguita, la arrancó de su escondite y la agarró con tal fuerza que ni pedir auxilio pudo.

Y entonces, desde el interior del ánfora volvió a resonar la misma voz:

—Perfecto, sobresaliente en cálculo.

Siete y una, ocho, ¿pero serpientes?

¿Será una boa ese brazo que sientes?

¿O será acaso mi octavo tentáculo?

La tortuguita cerró los ojos y apretó la boca esperando ser devorada de un momento a otro. Pero aquella pausa se prolongó tanto que la tortuguita se atrevió a mirar el ánfora de reojo. De su interior salió la cabeza de un enorme pulpo. Era una cabeza cabizbaja y melancólica con dos grandes y atormentados ojos, conectada por su base a las ocho serpientes que, naturalmente, no eran serpientes sino tentáculos, como bien dijo el cefalópodo.

El pulpo, que parecía haberse olvidado de Número Cien, levantaba las puntas de sus brazos una y otra vez, y murmuraba algo incomprensible. Pensó Número Cien que ese momento de distracción sería su gran oportunidad para darse a la fuga. Pero su primer intento y todos los que le siguieron fueron respondidos con una presión suficiente para mantenerla cautiva. Número Cien acabó desistiendo de su empeño y se quedó observando, ya algo aburrida, el extraño comportamiento del pulpo.

—¿Pero se puede saber qué haces?

—¡Un momento! —respondió el pulpo malhumorado—. Sílabas cuento.

—¿Sílabas? —dijo la tortuguita.

—Sí, para un soneto.

—Contarás mejor con ocho tentáculos que con siete. Anda, ¿por qué no me sueltas?

—¡Ostiones del Caspio! —exclamó el pulpo sin hacer caso a su prisionera—. Ya tengo la métrica pero me falta una pala-

bra que rime con áncoras. ¡Qué fastidio, qué…

—¡Nécoras! —interrumpió Número Cien ante la sorpresa del pulpo, que soltó a la tortuguita, se echó sus ocho tentáculos a la cabeza y declamó.

—¡Qué agilidad! ¡Qué poeta!

¡Qué portento!

Con ese talento tan sutil, tan fino

cuadraré sonetos haciendo el pino.

Criatura, estoy loco de…

—¡Contento! —exclamó la pequeña.

A partir de entonces, Número Cien empezó a descubrir que además del miedo y el hambre, en el mundo también existe la amistad. Y aquella amistad duró mucho, mucho tiempo… aunque no para siempre.

Después de sellar su cordial relación con dos o tres afectivos pareados, la tortuguita planteó a Pulpoeta su urgentísima pregunta.

—Amigo pulpo, si eres tan sabio como aparentas, podrás decirme de una vez por todas de qué nos alimentamos las tortuguitas como yo.

Después de un pausado recuento de sílabas, el pulpo contestó:

—Las medusas, urticantes babosas,
gelatinas blandurrias y flotantes
son para mi gusto algo picantes,
pero tú las encontrarás bien...

—¡Sabrosas! —exclamó la tortuguita.

Número Cien empezó a buscar su primera presa con tal ansiedad, que ni siquiera se paró a pensar qué nécoras es una medusa.

—¡Soy el terror de las medusas! —gritó mirando en todas direcciones, desesperada por colmar su apetito. Se topó entonces con una criatura suspendida entre dos aguas y envuelta en una placenta traslúcida a través de la cual se apreciaba una orquesta de órganos iridiscentes que se dilataban y contraían a un ritmo plácido y demorado.

—Disculpa hada de los mares, ¿no habrás visto por aquí alguna medusa? ¡Me muero de hambre! —inquirió la tortuga. Entonces observó que aquel prodigio de elegancia no tenía oídos con qué escucharla, ni boca para responderle.

El pulpo, que la seguía de cerca, dijo con solemnidad:

—No sabe ella que es bella ni le importa serlo, ni vivir, ni ser tu comida.
Con su callada indolencia te exhorta medusa a aceptar su ofrenda de vida.

Y así, Número Cien se dio cuenta de que si quería seguir viviendo habría de devorar aquella admirable criatura.

Desde entonces, Número Cien empezó a ganar en peso, tamaño y sabiduría, y su caparazón se endureció lo suficiente como para resistir la mordedura de un tiburón pequeño. Además, con el paso del tiempo empezaron a gustarle las algas y acabó por abandonar para siempre su dieta carnívora.

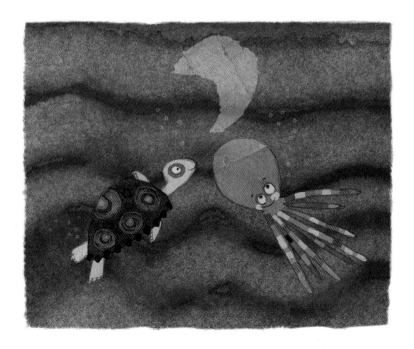

A lo largo de su amistad con Pulpoeta, Número Cien fue comprobando su asombrosa capacidad para el ataque y la defensa. Era capaz de cambiar de color en un instante para camuflarse ante sus enemigos o lanzar nubes de tinta para despistarlos en plena persecución. Para cazar, extendía la cabeza hasta la mismísima punta de los tentáculos y sorprendía a sus presas dejándose caer sobre ellas como un mortal paraguas.

Pulpoeta tenía también una inteligencia y una intuición prodigiosas, por no hablar de sus extraordinarios recursos para el hipnotismo, la telepatía y la adivinación, que ejercitaba mediante complicadas cábalas basadas en las mareas, el color de las algas y otros fenómenos naturales. Sin embargo, las oscuras aficiones del cefalópodo y su propensión a hablar en verso o en clave, a veces terminaban por irritar a Número Cien.

—Selene —dijo Pulpoeta, sin más, una noche llena de luz y de sombras.

—¿Qué? —replicó Número Cien—. ¿Qué es eso de Selene?

—La luna.

—¿Y qué pasa con la luna?

—Qué pasa con la luna —repitió Pulpoeta con la mirada ausente.

Oh, Selene, blanco lecho y blanda cuna
que enciende la espuma y abruma
con su manto al lento escualodonte
de la panda duna marina.
¿Qué pasa con la luna?
Oh, madre que a todos aúna,
grande luna,
quieta en el viento que las olas espuma,
sol luminoso en la nocturna bruma,
fuerza invisible de la noche bruna.
¿Qué pasa con la luna?
De mis tres corazones compendio y suma,
poema completo sin verso que la resuma,
no estarás sola aunque sólo haya una.
Recuérdalo en la noche que me consuma.

—Anda Pulpoeta, déjate de rollos extraños. ¿Cómo voy a estar sola si estoy contigo?

Pulpoeta se deslizó en silencio hacia el interior de su ánfora.

—Bueno patoso, me voy por ahí a dar una vuelta —dijo Número Cien tratando de animar a su amigo.

La tortuga estaba preocupada. Pulpoeta llevaba días sin comer y no salía de su ánfora ni para declamar sus poemas en la tertulia de la sima. Número Cien ni siquiera podía atribuir aquella actitud a sus cambios de humor durante los plenilunios, en los que padecía tales arrebatos de melancolía que dos de sus tres corazones se paraban y se quedaba delirando y diciendo barbaridades más propias de un borracho de taberna que de un distinguido cefalópodo.

Al regresar de su paseo, Número Cien bajó a la tertulia de una sima abisal donde la anguila eléctrica, el hipocampo, el rodaballo y otros de los seres más circunspectos de las profundidades se reunían para compartir sus más audaces pensamientos a la luz de un manantial de lava.

—¡He estado en la playa! —anunció la tortuga entusiasmada—. He respirado el aire verde de la selva y he sentido el peso de mi cuerpo.

—¿Y has visto algún caballito de tierra? —preguntó emocionado el caballito de mar.

—¡Calla bobo! —dijo el rodaballo—. Todos sabemos que los caballos de tierra no existen. ¡Cuéntanos más cosas, tortuguita!

—He salido a la playa con un animal espléndido y encantador —prosiguió—. Hemos jugado durante horas y, ¿sabéis qué? ¡Me dijo que también era una tortuga!

El mero empezó a limpiarse las gafas pensando en una forma delicada de decir a Número Cien que los juegos que había compartido con su congénere no fueron sino un encuentro amoroso. En ese momento llegó Pulpoeta más apagado que nunca.

—Amigos, no sé si me siento bien o mal, pero me temo que se acerca mi final.

—¿El final? —preguntó Número Cien alarmada—. ¿Qué final?

—Su final, querida —se anticipó el mero con su gesto impasible mientras Pulpoeta se acercaba tiritando al calor de la lava—. Nuestro amigo ya ha cumplido su misión.

—¿Cómo que su misión? ¿De qué estás hablando?

—Pulpoeta ya ha tenido sus hijos y ha venido a despedirse de todos nosotros.

—Entonces…

—Sí, Número Cien, Pulpoeta no es un pulpo, sino una *pulpa*. Y sus hijos se han marchado sin decir hola ni adiós. Es ley de vida.

—¿Y tú? No me dirás ahora que eres una mera…

—En absoluto —dijo el pez con su característica parsimonia—. Yo no soy más que un simple y mero mero. Y, por cierto,

ese magnífico reptil con el que has estado…
jugando no es realmente una tortuga, sino
un tortugo. Enhorabuena amiga mía: has
descubierto el amor.

Al oír aquello, Número Cien se llevó tal
sobresalto que se atragantó y tuvo que salir
a la superficie a tomar una bocanada de
aire. Y allí, dejándose mecer por las ondas
del mar, empezó a intuir por vez primera el
mal que afligía a Pulpoeta.

Una repentina explosión de agua interrumpió los pensamientos de Número Cien.
Era el cachalote, que emergía para mojarse
los pulmones de aire fresco acompañado de
un orondo ballenato.

—Hola, tortuguita —dijo el cachalote—. ¡Qué alegría encontrarte tan guapa y
tan lozana!

—Hola, Chocolate —respondió Número Cien—. ¿Quién es éste que va contigo?

—Es mi pequeño —respondió mirando
complacidamente a su hijo.

—Es un pequeño enorme —respondió Número Cien—. Oye, pues si tienes un hijo, digo yo que serás una *cachalota*.

—Así es, y no te creas que es fácil. Este renacuajo no para de comer y ahora he de cazar para dos.

—Bueno, quizá tengas suerte y encuentres ese calamarcito gigante que buscabas.

—¡Lo he cazado yo! —anunció el ballenato orgulloso. Entonces su madre lanzó una de sus famosas carcajadas levantando una densa bruma de agua salada.

—Este canijo aún no sabe distinguir entre un calamar gigante y un pulpo grande.

—¿Un pulpo? —alcanzó a decir Número Cien.

—Sí —replicó ufano el ballenato—. Un pulpo mareado y cabezón.

Sin mediar palabra, Número Cien volvió a sumergirse y acudió al punto de reunión de sus amigos temiéndose lo peor.

—¡Pulpoeta! ¡Pulpoeta! —gritó Número Cien, cuya voz se diluía en una algarabía de burbujas de azufre, que ascendían furiosas hacia la bóveda oceánica como almas escapadas del infierno. Y cuánto más gritaba, más oía en las palabras del ballenato el eco de la desesperanza. Finalmente, fue el mero quien le dio la noticia con un lacónico "no lo busques más".

Número Cien se zambulló en aquella galaxia de burbujas que la propulsó de nuevo hacia la superficie. Nadó hacia el cachalote, no sabía si en busca una explicación o un ajuste de cuentas, pero no hubo tiempo ni para una cosa ni para la otra, ya que un nuevo peligro amenazaba con dar fin a esta historia.

—¡Huye, tortuguita, huye! —gritó el cachalote interponiendo su formidable cuerpo entre Número Cien y la aguda proa de un buque pesquero.

Número Cien se sumergió rápidamente y sintió sobre ella los golpes de motor de la sala de máquinas. *Clan-ta-clan-ta-clan.*

Cuando ya creía estar a salvo, se vio arrastrada por una red junto a una infinidad de gambas. Número Cien trató en vano de zafarse de aquel enredo hasta que, al cabo de unas horas, los marineros izaron las redes y echaron toda la captura sobre cubierta.

—¡Pepe, todo lo que no sean gambas lo pones en esas cajas! —dijo un hombre robusto con la cara surcada de profundísimas arrugas, que llevaba unas botas de agua amarillas y unos pantalones de hule con peto del mismo color—. Y si hay algún carey, no dejes de ponerlo patas arriba. Si no, se escapará.

Pepe, un adolescente con granos en la cara, se caló su gorro de lana hasta las orejas y fue apartando gambas con el pie hasta llegar a Número Cien, que entonces ya tenía el tamaño de un laúd grande.

El joven marinero tomó la tortuga entre sus brazos y la colocó con cuidado en el fondo de una caja de plástico azul. Entonces, tal y como le ordenó el hombre, se dispuso a darle la vuelta.

—Vaya carey, hay que ver lo que pesas —dijo Pepe tirando de Número Cien hacia arriba. Cuando al fin logró voltearla, el animal y el muchacho se quedaron mirando fijamente.

La tortuga observaba la cara invertida del muchacho, su tez morena y accidentada, y su nariz roma. El muchacho miró los ojos de la tortuga, en los que intuyó una expresión de miedo, y se quitó su gorro de lana para limpiarse el sudor de la frente, descubriendo una mata de pelo rubio y ensortijado.

—¡Es él! ¡Es él! —gritó Número Cien, recordando al niño de la playa que la llevó hasta el mar—. ¿Es que no te acuerdas de mí? —dijo llena de esperanza buscándole la mirada.

Pero Pepe, que no se distinguía de los demás humanos por saber idiomas imposibles, sólo alcanzó a oír unos bufidos ahogados.

—¡Pepe! ¿Se puede saber qué estás haciendo? ¡Venga, saca las palas de la bodega!

—¡Enseguida! —contestó el muchacho, que bajó a toda prisa a la bodega, le entregó una pala y le dijo—: Ese carey me ha guiñado un ojo.

—Anda, déjate de chiquilladas, que ya no eres un niño.

Mientras el hombre y el muchacho faenaban, Número Cien permaneció en cubierta patas arriba durante horas, cada vez más debilitada por el hambre, la sed y el propio peso de su cuerpo. A medida que perdía sus fuerzas, el rencor que llegó a sentir por el muchacho fue tornándose en agradecimiento por haberle llevado hasta la orilla del mar, cuando aún cabía en la palma de su pequeña mano de niño.

Con la noche empezaron a llegar pensamientos de despedida, porque, en definitiva, todo, incluso esta historia, tiene su fin.

Ya confusa y sin saber muy bien si la oscuridad que la rodeaba era cosa de la noche o de la muerte, apareció ante su mirada, como una visión, el rostro grave y plácido de una gigantesca y pálida luna. Al ver aquella faz serena e ingrávida, Número Cien sintió la desazón que se siente al recordar lo que jamás se ha conocido. Sintió a su amigo Pulpoeta, que resultó no ser amigo, sino amiga, y madre sin madre ni hijos.

Mirando a la luna recordó las extrañas palabras del pulpo el día antes de su muerte,

y supo entonces que Selene, la luna, era la amorosa madre de todas las criaturas huérfanas del mar, como Pulpoeta y ella misma.

—Mamá Selene —balbuceó la tortuga con su penúltimo aliento deslumbrada por su luz, sin esperar ya nada de su poder y su hermosura. Y en ese momento, Número Cien empezó a morir.

La luna desapareció como por un eclipse repentino y la tortuga notó que su cuerpo se zarandeaba, como si una ola grande hubiera sorprendido al barco por estribor.

Notó otro empellón fuerte que le hizo abrir los ojos y se vio elevada sobre su ataúd de plástico azul. Luna Selene volvió a aparecer, iluminando el rostro apurado de Pepe, el niño de la playa, que avanzaba con dificultad por cubierta abrazado fuertemente a Número Cien. Los dos se miraron fijamente unos instantes hasta que Pepe dejó caer su carga por la borda.

—¡Anda por ahí!

Número Cien cayó sobre una madreselva acuática y empezó a despertar a la vida. Sin embargo, y a pesar de estar rodeada de tan suculenta ensalada, no probó bocado.

Aunque había logrado sobrevivir, le oprimía la ausencia de su amigo Pulpoeta y casi reprochó a la luna su magia salvadora.

Número Cien sintió un dolor agudo en un párpado. Se echó la pata izquierda sobre el ojo derecho y vio caer ante sus narices un diminuto pulpito.

—¿Pero se puede saber qué estas haciendo? —preguntó irritada.

—Discúlpeme horrendo y simpático ser,
hace muy poco tiempo que he nacido
y créame: no sé qué debo comer.
Perdóneme si la he ofendido.

Número Cien quiso abrazar al pequeño pulpo, pero le faltaron fuerzas. También quiso hablarle de su larga amistad con Pulpoeta, su madre, pero prefirió dejar aquella historia para otra ocasión.

Lo que necesitaba el joven pulpo era llevarse algo al estómago. Y la tortuga también.

—Yo te ayudaré.

Lo primero que hizo la tortuga fue desenterrar un pequeño cangrejo de la arena. "Todo tuyo". Luego le encontró un pequeño frasco de mayonesa, que a pesar de no ser la villa más distinguida del océano, resultó un refugio acogedor y seguro donde vivir varias semanas.

Aunque a Número Cien le hubiera gustado quedarse más tiempo con el joven retoño de Pulpoeta, sintió una urgencia incontenible por marcharse.

—Aquí estarás bien —le dijo—. Yo he de irme ahora.

—¿Adónde vas?

Número Cien no fue capaz de darle una respuesta. Simplemente empezó a nadar hacia el este con la certeza de que su rumbo era el correcto. Buceó durante casi una semana, sin pararse siquiera a comer.

Finalmente llegó a una playa que le resultaba remotamente familiar. Salió del mar

empujada por las olas, como un cofre procedente de un naufragio. Avanzó arrastrando su aparatoso caparazón cubierto de algas, dejando un visible surco en la arena.

Pasados unos minutos la tortuga se quedó inmóvil.

—¿Qué le pasará? —se preguntaba la mangosta.

—Habrá perdido el rumbo —dijo la fragata desde lo alto de un risco.

—Esto tiene muy, pero que muy buena pinta —susurró un gallinazo estirando su pelado cuello.

Número Cien hizo un profundo agujero en la arena, y empezó a poner en su interior un huevo detrás de otro bajo el abrasador

sol del trópico, hasta un total de cien. Luego los cubrió de arena, se dio media vuelta y se dirigió hacia la orilla. Pero cuando la tortuga ya estaba casi con el agua al cuello, volvió sobre sus pasos hasta el mismo lugar y destapó el agujero. Después de un gran esfuerzo, puso su huevo número ciento uno y se volvió al océano satisfecha.

Esta historia acaba de empezar.